浮生若夢

芸芸、君靈鈴 合著

Family Sky 天空數位圖書出版

目　錄

01. A 的故事

文：芸芸

今天要說的是 A 的故事，A 就如同你我，是個每天奔波於大都市之中的小螺絲釘。A 很早就認知到自己可不是什麼都市叢林裡的小白兔，一睜眼就出生在這個大染缸裡的 A，慢慢學會利用生養自己的環境優勢，把握住城鄉資源循規蹈矩，順著世俗刻印出的階級一步步往上爬，要學歷有學歷，慢慢找出一套自己生存的邏輯。

上大學之前，A 其實沒有發現自己一直以來擁有的這些，已經是別人望塵莫及的優勢。聽著上來的同學們各種不習慣，A 其實反倒有些不自在，這些習以為常的日常，彷彿卻被別人當成一種驕傲的姿態？其實離開這套習慣的生活邏輯，A 覺得自己反而會習慣不了同學們口中的「故鄉日常」。所謂故鄉，不就是我們所習慣，卻忍不住要碎嘴一兩句的地方嗎，怎麼被你們說的，好像我沒有故鄉？

隨著眼界成長，在更多比家鄉更炫爛、更險惡的大都市裡存活下來的 A 慢慢也變得跟自己的城市有點疏離，每回回來都有種最熟悉的陌生人的感覺。其實 A 知道，城市沒有變，一如既往的給人愛與包容，如同巷子口的早餐店，明明自從有人提過火腿加蛋致癌機率高，自己就不再吃了之後，每次還沒走到店門口，阿姨一看到就直接喊出：「火腿蛋吐司、大冰奶」這樣的套餐一樣，讓人莞爾地親切。

　　因某些原因，整個宇宙停擺了一圈。或許有少數趁機翻身，慢慢的成長，但大部分人，一如 A，若有機會為今年下標，可能說不上慘字，但必定連好字的女字旁都寫不下手。這時候，還是這座城市包容著 A，以及像 A 一樣無數個也許曾經嚮往更高更遠的地方，卻在不同時期回到自己小而美的港灣的靈魂。

　　那天 A 要出門去上班，時間有點來不及，於是加快腳步走過早餐店，打算快到公司有時間再去便利商店隨便買點東西撐過早餐。早餐店阿姨叫住 A，隨口說了句，最近好像比較忙，有時間多過來吃啊，經營早餐店的阿姨夫婦年紀也大了，年輕人不想接，也許就做到月底了，並勸 A 偶爾換換口味也不錯。

　　A 笑著答應了之後還是因為時間關係，快步離開了。搭上捷運的同時其實一直想著，即使遲到剛剛也該買份餐點的，跟之前一樣、還沒到阿姨已經開始做的口味。畢竟之後，變得不是口味，而是心裡習慣的、最溫暖的，如同這個城市，包裹著 A 的那一塊。

浮生若夢

02. B 的故事

文：芸芸

B的家庭可說是很多中產階級小家庭習慣、或可能生活著的樣子。雙薪父母為了讓小孩過著更好的日子,離鄉背井讓自己過著語言不同、刻苦耐勞的樣子。能讓B感到慶幸的是,當B的爸媽離開家鄉時自己夠大,不然今天說的就不是B家庭裡聯繫感情的方式,而是隔代教養的甘苦談了。

當然B沒有辜負父母的期望,大學畢業後就出國深造。大家去的明明都是重複率很高的地方,但真的很恰巧連後來B的弟弟離開父母去他鄉求學,分成三組人馬的父母、B和弟弟都沒有辦法同時出現在個空間裡。

幸好現在通訊軟體很方便,討論事情不如意,B可以直接退出群組,然後過一兩天又以驕縱的姿態被加回來。生病時,父母也習慣因為時差,一兩天沒有對話,沒消息就是好消息,不多打擾,儘管那時B正躺在床上除了昏睡還是頭暈腦脹。有好消息時,一個公布,大家瘋狂用貼圖洗禮、喝采的感覺,真的有種大家齊聚一堂,在同一個空間裡歡呼慶祝的感覺。

盼了又盼,B最近終於把爸媽盼回家裡來了。老實說,畢業之後回到家裡來,B一直有種自己是過客的感覺,長輩們基於自己是這個小家庭跟長輩們互動的唯一窗口,常常暗示性地希望透過B傳話給爸媽,這讓B時不時覺得很煎熬,明明住在同一個空間裡,但沒有歸屬感的自己就像是一個租客,房東夫婦勢利的合情合理。

但因為空間配置，要考升學考試的表弟妹住了家裡閒置的房間，導致爸媽只能去訂了個飯店長期住一陣子等考完試之後再且走且看。於是 B 和爸媽約好了每週挑個晚上三人一起在外面吃飯。雖然弟弟沒能同行，但這種團聚的感覺，總讓 B 內心溫暖。剛開始爸媽照著 B 之前的習慣、B 卻對著爸媽的喜好找餐廳，彼此都想要多對彼此好，卻常常鬧出笑話，瞎鬧了好一陣子，終於找到之間的平衡點，每周的那個夜晚，總讓 B 帶著要約會的心情盛裝出席。聊天時也沒說什麼特別的，但這種實際上的噓寒問暖，比起家裡那些每到節日都會大肆買一些昂貴卻都不合 B 胃口的往來，更讓 B 體認到自己要照顧好爸媽，做個適時表達愛意的人。

其他長輩總是會時不時耳語說 B 都多大了、或是 B 就是父母在這的代理人，要讓 B 弄懂很多父母輩的牽扯，但其實無論 B 多大，B 都還是父母的孩子。那次吃飽在馬路口道別，B 瀟灑堅強地過了馬路準備回去那個充滿長輩們的家，過了馬路後回頭想看父母的狀況，才發現父母也一直看著 B，互相揮著手。

B 一直清楚，在這世界上，能真心真意對自己好的人，除了父母外，真的不多，要怎麼樣回報這無私的愛，讓父母過更好的生活，更是 B 努力的方向。

浮生若夢

03. C 的故事

文：芸芸

C 很討厭雨天，因為他是一個四處以各大咖啡廳為家，對台北捷運路線網、共享機車租借站瞭若指掌的業務，即便他從小並不在這座冷冰冰的城市長大。

令 C 自豪的是，自己的父母，一生沒有換過工作，兢兢業業地過好每一天，讓家裡衣食無虞地好好生活。C 崇拜的是，聽過不少身邊其他同學朋友分享過關於爸媽對工作的抱怨，但自己的爸媽就算再疲憊，下班後情緒彷彿都被留在辦公室裡，面對 C 的，永遠都是無止盡的關心與照顧。

曾經 C 也幻想過坐在辦公室裡的自己。會趕在打卡鐘響的最後一刻衝出電梯，用掛在脖子上的識別證快速地嗶一聲，宣告壓線成功。但自己的工作性質，不但沒什麼經歷過這樣的場景，識別證也不會像上班族的狗牌有著身分象徵的公司集團緞帶，這讓 C 每每在路上看到一搓一搓的上班族掛著識別證要出門午餐時，看著自己空蕩蕩的胸前，不免都有些感嘆。

其實某種程度上 C 仍然羨慕著上班族，雖然大家嘴上掛著，業務時間很自由啊，但自由的相對就是 24 小時都會有客戶認為自己的事就是最重要的事，明明上班族票選出最恨的就是半夜 3 點公務機的 Line 通知，但化身成為客戶儼然就換個立場換個腦袋，還是我的半夜 3 點跟你在的時區不一樣？

C 大部分都會避開尖峰用餐時段，一是工作結束時間剛好避開不用人擠人，二是每當自己獨自坐在餐廳裡，看著成群結

隊的人群，不知為何，自己的工作性質彷彿變得有點格格不入，說實在的，C 反而很羨慕上班族常常調侃自己時都會說自己是上班好同事、下班不認識，因為老實說起來，C 根本沒有同事，畢竟那些亦敵亦友的，某種程度上只是最大的敵人罷了。

C 不知道自己會做這樣業務性質的工作多久，每每走過文具店，他都會時不時瞄幾眼辦公用品，即使自己用不太到，但還是時不時添購了一些裝飾辦公室的小東西。彷彿就是吃不到的蘋果最甜，那些上班族認為一格一格的小牢籠反而讓 C 格外的羨慕。

直到 C 經過幾年的努力，正式達成成家立業的目標，為了女兒終於下定決心買了一棟老公寓，周遭的朋友都很羨慕他在這個年紀有這樣的表現，但 C 知道，這樣的決定就是自己未來好一陣子都無法完成自己的夢想。

C 希望女兒做個平凡的上班族就好，即便職場勾心鬥角，他都不希望女兒得揹著沉重的行囊四處奔波，或者說，希望女兒快樂就好。

浮生若夢

04. D 的故事

文：芸芸

　　D 是一個媽媽，有時候會忘記自己喜歡什麼的媽媽。

　　在成為某人的太太、某些人的媽媽前，D 是總經理秘書。不同秘書室裡滿滿脂粉味，D 的能力就是她臉上最好的高光，自然閃亮。

　　但做秘書時的習慣讓 D 這位媽媽自己疲於奔命，卻常熱臉貼冷屁股。她知道老公喜歡吃魚卻不擅挑魚刺，弄得妥當卻被當作理所當然。孩子不知道她喜歡的什麼，就算她說了孩子也記不住，孩子們總以為她喜歡吃芒果中間的果仁、芭樂中間的芭樂籽，誰會放著好吃的部分不吃吃這些？但老實說她自己也不是太清楚，總覺得知道自己討厭什麼，但對於喜歡的，好像跟著先生、孩子，大家喜歡吃什麼，她自然會從裡面找到她想吃的東西。

　　D 的老公前陣子準備從職場上退休了，看看時候 D 想起當時自己為了孩子們從職場上退下的那一刻，準備各種類似激勵或是安慰的話，想告訴先生退而不休、調整心態才是最棒的人生這樣的想法。但先生才釋放出這樣的消息，馬上被挖角，展開人生的第二春。說實在的 D 真的很高興，對於先生不用經歷自己當初心理建設很久的階段很欣慰，卻也真的很羨慕。

　　D 的孩子考上外地的大學，不知道是孩子自己一心想離開家裡，還是命運剛好配合。感覺得出來孩子的依依不捨，但對比於之前都是自己耳提面命不斷嘮叨，這次的分別，孩子不斷

地希望媽媽可以了無牽掛做自己想做的事，不應該以孩子、老公的興趣為興趣。

聽到這些 D 其實很無奈，孩子不是第一個這樣跟自己說的人。但是 D 並不覺得自己活得不快樂啊！某種程度上，照顧人不就是她的興趣？把她的家庭照顧得幸福美滿、健康順遂，就映照出她職場的成就。

D 忘了哪天在哪裡看見這樣的一段話：「媽媽往往都是一直替別人著想，笑著面對各種情緒，直到哪天她想起自己，突然就流下淚來。」D 想著自己的狀況，似乎也是，一直以來，D 的手因為她喜歡擦地板而不用打掃工具，發炎變形，卻因為在乎其他人、開刀康復期長，就沒有去面對，夜深人靜，不是睡不著就是被痛醒。

某些特別的動作或生活型態其實反射出你對童年或安全感的表現。的確，D 不得不說自己很大部分都在自己身上刻畫自己母親的生活模式。因為自己的媽媽是那樣完美的人。

D 還是對每天都覺得把自己的家庭照料地好讓她心情很穩定，但會抽出一點時間去復健、看醫生，以及去做瑜珈，慢慢挖掘一點自我，對於這樣的調適 D 自己也在適應，彷彿是在拼圖，慢慢拼出自我存在。

浮生若夢

05. E 的故事

文：芸芸

E沒有朋友，每當連假將至，就會再次殘酷地提醒他這個事實。不是朋友不多，是根本沒有朋友。沒有人會約他去烤肉或吃鍋，更不會有那種一起看展覽、分享抽到的電影首映票的朋友。

E的工作很忙，為了達成他的目標，除了朝九晚五的日常工作之外，晚上他找了打工與假日家教，只要是能擠出的時間他可以一週工作七天，只要看到帳上美好的數字、當走進餐廳他都可以先看產品在付帳時直接結帳，不用擔心荷包不夠深的狀況，想著未來也許可以置產、投資，現在的努力他都覺得值得。

E的朋友老實說只能撐得上網友，大學同學們彼此還是會在網路上互動，時不時關心一下過得如何，但他忙碌的生活讓他沒有多餘時間參加同學間的聚會。他不知道其他人會不會自己偷偷約出來，但他也不是很在意，回味大學時期的糗事、分享現階段誰誰誰又鬧出什麼八卦，E不覺得自己有這樣浪費時間的資格。

就算平常意外得到補班的假日，或偶爾偷得閒的時候，E都會盡量找到別的工作補滿，寧願一直讓自己處於有點過勞的狀態，或是趁機徹底補眠，E也不想浪費大好年輕歲月。

即便是這樣，E很養生，不菸不酒，因為身體就是自己的本錢，過度的忙碌已經讓自己的免疫力低落，每次感冒醫生千

篇一律，別讓自己太累、多曬太陽，這讓長久待在冷氣房的 E 只能笑笑得呼弄過去。

但每到超過 3 天的連假，好好睡了一兩天後，E 就會陷入小低潮與恐慌，沒有工作，卻也沒有朋友的其他約會，偏偏自己就在老家工作，完全沒有要趕車回鄉的疲累，卻也沒有特別得出門的衝動。

老實說 E 很滿意自己現在的生活，一切都在計畫之中，為了這些所做的一些小犧牲在 E 眼裡都很值得，更何況看似比較內向的個性並不會影響他工作上的表現。他只是很純粹地切割上下班的狀態，讓本我孤僻地留在家中，過自己過起來最舒適的生活。

但隨著年紀漸長，家裡有時候會開始鼓勵他要多出去交朋友，甚至爸媽會覺得錢可以賺少點，但多讓生活有點不一樣的人跟感情無疑不是好事。但看看新聞上的各種離奇案件，E 又覺得自己現在這樣也是一種完美狀態。

或許是時代在改變，這種生活在社會大群體中，卻最大幅度展現自己孤獨個體性的人會越來越多，至少 E 很滿意自己隸屬於這樣的一份子。

浮生若夢

06. F 的故事

文：芸芸

　　F 是一個有潔癖的人。無論是生理上或是心理上，老實說我們都不知道當初是怎麼走進他的心、成為他的朋友的。自己一個人離家背景到另一個陌生城市就學、進一步生活。說穿了也就是從一個房子碩大但內心空蕩的地方，換到另一個狹小牢籠裡，過著得過且過的日子。

　　但我們都很羨慕 F 的小套房，全然符合他的風格，白色家具確確實實地呈現出一塵不染四個字的真諦，每次很會掉頭髮的我要去他們家之前，都要費盡苦心把頭髮綁好，就差沒戴浴帽，但房主人仍會時不是就開始用貼紙黏地板或是出動滾輪，若不是早就熟知個性的老友，可能還真的會覺得對方是不是不歡迎要趕客人。

　　和 F 的相處很微妙的就是，F 脆弱的身體總能第一步判斷出吃飯的餐廳是否冷氣很久沒洗，他的鼻子就會被灰塵弄得噴嚏連連。好不容易撐到上菜，虛弱的腸胃又來鬧場了，不用吃到一半就會知道這家店是不是味精加得太猖狂。在得知他是因為身體不得不讓自己變成如此東在意整潔西到處收拾的個性之後，多少都對 F 有點同情。

　　但 F 同時也在感情上有著嚴重潔癖，老實說感情和道德上都是，很多他所深信的價值觀都是絕對純粹，在這個已經不再是一翻兩瞪眼的世界，我們總擔心他會因此受到太多的傷，或是找不到能夠適合自己的另一半。

直到我們久違要再次聚會前，我都這麼想。剛好那天約好要在百貨公司裡面的餐廳吃飯，提早到的我想說一個人到處逛逛，選了一層再逛起來之前先去個化妝室，經過殘障廁所時，著實被裡面讓人想入非非的聲音嚇得臉紅了一下，誰會想在百貨公司這種人來人往、出入混雜的地方啊，待會弄得全身髒兮兮的。但就在我洗好手出來準備要逛街時，卻發現鬼鬼祟祟打開門的 F 和他的「朋友」，當下我只能說，晴天霹靂絕對不只存在於戲劇裡！

因為當晚還是要聚會，老實說聚會剛開始時只有我獨自尷尬，對 F 有著滿腔疑問卻不敢開口，反而是 F 可能察覺到我的好奇，默默開口說起自己最近開始覺得找一個人進入他乾淨潔白的家裡可能心理有點負擔，但藉由在各種類似於大庭廣眾之下的公共場所卻能讓他感受到不只生理上的刺激、更是心理上的放鬆。

我們都不知道該不該勸這樣的 F 去看醫生，老實說他們一個願打一個願挨也沒礙到別人。但我們也從未聽 F 談論過他們家的一點一滴，也不知道是不是小時候發生過什麼創傷，總之聽到他這麼真心的剖析內心，還是讓我們莫名覺得那晚的自己很像在審問犯人，然後避掉尷尬回家後，輾轉就被拉開了距離，成為 F 生活裡的那些塵埃，進一步造成他封閉自己的可能。

浮生若夢

07. G 的故事

文：芸芸

　　G 有時候覺得自己是一件裝飾品，可能是雕龍花瓶、或是需要加加減減買了一堆配貨才能得到的名牌包包。雖然自己是個裝飾品，但至少是名牌的，她只能這樣安慰著自己。

　　G 成長環境超越我們每個人的想像，住在最繁華的那個地方，過著最奢侈的日子，看似低調卻處處不經意流露出奢華。G 的出生正好是家裡最期盼的好消息，充滿男丁的貴族家庭，需要的不是再多一個可以來謀權奪位的繼承人，而是一個出生就被發放集團各家公司股票的小公主。

　　說實在不羨慕這種生活，是騙人的。從我們認識以來，沒有一年生日他們家沒有大肆幫她慶祝。在我們去動物園看無尾熊、企鵝的年紀，人家報名的是快要因為環境變化暫停的非洲草原大遷徙。因為她喜歡日本文化，每年生日必發的照片都是一套全新的和服，還真不知道台灣哪裡有人在訂做和服呢。

　　但是身為朋友的大家都知道，她有個不可告人的小祕密，而且彼此都心照不宣的默默隱藏的這個祕密。對 G 來說，進出都得靠司機、朋友約在不認識的地方時角落都會有便衣保鑣，這一切都已經稀鬆平常。對 G 的家人來說，這是最無微不至的關心與保護，但某種程度 G 就像是籠中的小鳥。

　　所以 G 開始過起體制內最合理的叛逆。先是我們某個朋友有幸去 G 家借住，就朋友所言，雖然說去到 G 的家，但基本上都在 G 的房間待著，要什麼都會有人送進來，因為要自己從

客廳走到房間，真的太遠。所以需要什麼也是會打電話撥通內線聯絡。這種連住飯店都沒有的享受。著實讓朋友開心了一整晚。但是隔天起床、回家後發現，自己帶去的口紅，不翼而飛。

慢慢讓我們有了頭緒的是，當 G 聽到說起朋友不見，表情沒有太過驚慌，也沒有著急解釋，但卻莫名有種她知道實情的感覺。更詭異的是，過不久她就買了一紙袋的各種名牌口紅給 G 當作東西遺失的賠禮，但是裡面就是沒有 G 慣用的可愛韓系少女品牌。再過來的幾次經驗讓我們發現，G 不是買不起，甚至她要，有什麼不會直接送到家裡讓她慢慢挑？但是 G 生活裡總是缺乏了什麼。

我們這些朋友能給她的，就是陪 G 演出這樣的劇碼，很難再更進一步的幫助她什麼，家家有本難念的經，也許就是這樣的寫照，有錢人家給了滿滿的物質，卻少了陪伴與愛，說起來還真諷刺呢。

浮生若夢

08. H 的故事

文：芸芸

　　H 平時就是貼心代名詞，有時候真的都會懷疑她做成這樣不累嗎？但真的沒有看過她對別人擺過臉色，而且每次都是笑得甘之如飴的樣子，讓人又放下心來，可能她就是真的這麼熱心，喜歡替大家謀福利、享受照顧別人的感覺吧。

　　印象中真的沒看 H 哭過，她的情緒彷彿都是為了別人而生。聽到別人的好消息會立刻感同身受的大笑大叫，難過時所有人第一時間都會想到她，她是個絕對優秀的傾聽者，但她也不是只會單純的安慰，會提出實質的意見，讓你在哭哭啼啼只有情緒的狀態，默默也被導入理性思考的正軌，更重要的是，她真的把朋友的事當作自己的事，隨 Call 隨到之外，等情緒冷靜下來，過一陣子之後就算沒見面，也會很鄭重的問後續的發展。

　　H 最讓人津津樂道的是，她彷彿內建筆記本，而且是開了提醒功能的高級版。每年生日，在壽星自己有時都還沒反應過來的當下，H 的祝賀簡訊就會送達，甚至比較好的友人在被知道地址之後，每年同一時間，幾乎就是要期待快遞又會帶來什麼樣的驚喜。更別提從小到大的每個老師都會在教師節收到 H 的祝福，有這種學生，真的沒什麼其他可以多要求的了。

　　但是我們一直很擔心 H 其實不是真的想要做這些，是因為什麼道德約束，或是內心有什麼創傷所以才要對人這麼好。看過太多如果你不乖、不對別人好，就會被懲罰、被傷害，根本

是加害者合理化自己行為的作為，非常擔心 H 會不會也遇到類似的事情，因為世界上真的不可能有這麼善良的小天使。

但 H 真的就是這樣的存在。也不是什麼宗教或家庭逼迫她需要這樣，對別人好，這就是她的個性。

每次做心理測驗，她都會是像牛奶軟糖那樣的類型，軟嫩好配合每個不同的對象做出不同的造型，但不是只是一盆水去呼應每個不同容器，而是有些微任性地去調整，做出適合每個人的不同相處模式，但都讓人覺得舒服自在。

對我來說，因為自己永遠無法達成那樣的境界，所以真心羨慕她這樣的個性，在她不需要委屈自己配合別人的情況下，和她相處起來真的很棒。朋友之中有這種人的話，很自然就會有被照顧的感覺。但也真心希望她能遇到能照顧她的良人，而不是因為照顧好每個人，卻照料不到自己而讓人心疼。

浮生若夢

09.1 的故事

文：芸芸

　　I 有一個自己的樂團，從最初的三五好友成團，大家經歷了一切荒唐不堪，各種分崩離析，物以類聚正適合描述他們這群豬朋狗友。別的樂團會有人因為生涯規劃，或許出國深造、或許考取公職追求穩定的生活而有團員的更迭變動。

　　I 的樂團成員變化，一次是因為團員 A 和團員 B 的女友發展出了異樣情愫，搞在一起後 A、B 都老死不相往來，瞬間空出兩個位子也少了兩個朋友。另一次是因為有人開趴被抓到持有大麻，老實說做音樂的這個圈子裡鮮少有人菸酒不沾，I 自己要上台前更是每次都要先來兩根菸，在繚繞的雲霧中開嗓，也聽過很多樂壇大前輩一下台後台就得要有滿山滿谷的啤酒，聽到鐵鋁罐開瓶的聲音才正式宣告今晚的演出正式開始，都不知道粉絲們看到這些會不會心寒。不過因為這樣而讓快要跟經紀公司簽約的樂團出現一些人員變動，總之走著走著，就走到這一刻。

　　曾經以為簽進公司就會無往不利攻無不克，但世界上果然只有想像是最美好的事。簽完約的那種興奮，隨著三個月都接不到演出機會，本來習慣會去參加的活動也因為簽約無法去參加的時候，I 才發現，有零用錢拿的學生都比零收入的自己過得還好。

　　I 的女友非常漂亮，當 I 在大學渾渾噩噩困到大四即將要畢業，卻因為想要躲兵役打算翹掉最後一學期的國文課，自主

留校的時候，遇見了當時大一的女神，I 有點忘了自己最後是如何如願被當掉的，因為每堂課他都準時到，清純地坐在門邊數來第三排倒數第二個位子上，女神旁邊的神位。

就這樣陪著女友四年，猶記得 I 最後畢業時是整個學院老師都來祝賀，恭喜你真的畢業了，助教們對這個廢人、與他的廢物夥伴所組成的廢物團體都非常感冒，總算送走這尊大佛。但 I 還是非常感激，是這片校園讓他明白比雨天更讓人懷念的是校園裡的雨天。罵著髒話還是要解決被偷走的傘與潮濕發霉的衣櫃。

就這樣荒唐且純粹度過這些時光，終於等到出頭的機會，I 卻躲不了，收到了兵單。現在回頭想起來，當時真的是希望明天起床天就會塌下來，因為再也沒有未來的模樣。但當人生放大、放長遠來看，那一點點，真的不足以掛齒。

於是有了現在的 I，也許記者媒體上看過那樣的 I，但 I 知道，之前的荒唐，都是成就現在的 I 的養分。

浮生若夢

10. J 的故事

文：芸芸

J 最近非常憂鬱，半夜兩三點才能睡這件事已經困擾不了他，老實說連白天工作的狀況都有點被影響。不知道該不該說他是個工作狂，大致上工作狀況與表現並沒有被他狀態影響，但是他開始變得不想上班，好不容易閒下來其實也不想睡覺，但就是想整天躺在床上什麼也不做，滑滑手機殺殺時間度日就夠了。

其實 J 知道自己會變成這樣的狀態都是大環境的原因，去年年末 J 許下的新年目標明明是，希望明年賺大錢、存夠旅遊基金盡情旅遊、更注重養生健康生活、多結交各個年齡層的朋友、好好陪伴家人這五樣，結果托一個肺炎病毒的福，今年能徹底實踐的目標只剩下，好好活著。不幸中的大幸是，公司還是正常運轉，他的職位也不受影響，在最小幅度的改變下，至少賺錢餬口這件事 還算 J 能達成的狀態 但不要說出國旅遊，在要好好工作的狀態下，J 連在台灣的國內旅行都很少去，雖然一直安慰自己沒這麼嚴重，但精神上的緊繃好像不是自己說想放鬆就有用的，工作使然需要 24 小時開著手機、有通知立刻回覆的 J，會開始篩選訊息回覆，能拖就拖能改期就改期，總之輕鬆一天是一天，心理上其實很過意不去，但不知道為什麼，真的每天、抑或是每分每秒都有種身心俱疲到快窒息的感覺。

　　J 開始嘗試運動，生性懶惰的他先是在社區的跑步機上開始快走，開始覺得人家說運動時流的汗水會帶來快樂是真的。J 開始告訴自己要吃飯、要睡覺，自己已經很好了。J 很慶幸幸好自己還有家人、朋友、同事，情緒難免有高有低，讓 J 還不至於有尋死的念頭。

　　那天見到 J，聽他說起這些點點滴滴的故事，一路走來的心路歷程，雖然我確定他不是個病人，但我覺得他可能也會發現我看著他的眼神帶有憐惜，因為彷彿看到另一個自己。我並不是一個很好的聆聽者，儘管我本該用上帝視角看待出現在生命中的任何一個人，但往往還是不自覺放到心坎裡，代入別人的故事，彷彿成為自己。

　　整個世界在今年都變得很難過，但越是此時我們更應該要細膩縝密的觀察這個世界，放大那些一點一點、小小的快樂，更學會適時放過自己，讓自己不會掉進情緒的漩渦。

浮生若夢

11. K 的故事

文：芸芸

　　K 最近開始準備買房子，不，應該說 K 最近終於存到人生第一個一百萬。扣除掉那些緊急準備金，扎扎實實可以自由運用、好好揮霍的一百萬。

　　那筆錢當然買不起房子，K 也沒有勇氣去承擔所謂夢想中的房子替未來 20 年帶來重擔，但是對 K 來說，在這個荒謬淒慘的時局之下，單靠自己的薪水達成這樣的成就，他已經對自己很滿意了。

　　K 開始想著所謂被動收入，他真的覺得自己活在夠好的家庭了，沒有造成負擔、沒有學生貸款，從踏出社會以來努力工作努力存的都是自己的錢，雖然有時候會有不知道自己這麼認真工作、存錢的意義為何的念頭，但身為物質化的人類，每當他時不時看著位數越來越多的帳戶，就會有種發現人生意義的感覺。

　　然後 K 發現一件事，不知道是不是自己工作的產業與本科系大部分的人選的出路不同，明明自己才是最有在發揮所學的人、累積的薪水也能很快的實踐儲蓄的目標，但不知道為什麼大學同學們彷彿都沒有未來置產或是投資的計劃。明明也沒有額外需要龐大支出的地方，但每次見面都是聊到薪水太少、錢不夠用，讓 K 開始有點懷疑起來，究竟大家都把錢花在什麼地方？一開始 K 懷疑大家是因為投資把錢綁死所以沒有辦法應變，但後來發現，大家好像是真的沒什麼錢？

　　但 K 很有自知之明自己是一個物慾很重的人，花在飯錢或娛樂的部分也沒有特別去記帳或是節制，儘管非常喜歡比價，但有新東西也會忍不住衝動性消費。自從有了信用卡之後，除了賺回饋，很方便的就是檢視自己一個月的花費，感覺出了社會還是跟大學時期差不多，也就讓 K 心安理得，反而覺得和同學們間有點話不投機。

　　但 K 又擔心自己是不是太過不切實際，工作了一陣子，周邊的同事似乎也多是禮尚往來，很少有辦法談心相交，到底大家對金錢這種真正的身外之物，都是如何規劃與安排的呢？K 開始找書看，但每本書下的書評就像各種投資鬼才，每本老師說的都是不對的，最常聽見的就是老師會分享的就是賺不到錢的方法，大家都知道的話老師自己還要賺什麼？

　　忽然讓 K 開始懷疑起台灣人到底為何總是這樣如同一盤散沙，連討論這種自我充實都無條件要說別人壞話。但老實說 K 還是找不到自己未來前進的方向，汲汲營營繼續累積財富，期待連一百萬直接賠光都不會心疼的那天，也許 K 才會覺得自己足夠堅強了。

浮生若夢

12. L 的故事

文：芸芸

　　隨著年紀增長、L 越來越討厭過年。L 出生在一個溫和有愛的大家庭之中，身為長子的長女，不得不說，L 的出生就是承接了萬眾期盼，叔叔阿姨們都只想給自己最好的，要什麼有什麼，成長過程絕對是充滿愛與歡樂。

　　直到 L 上大學之前，她的唯一使命就是做好學生的本分，盡力地充實自己，做自己想做的事、過自己想過的生活。直到上了大學、開始賺起生活費，爸媽終於把她當作大人來看待，於是她知道了叔叔一邊對她好一邊跟爸爸哭窮、借了多少錢之後再打腫臉充胖子用基本上是爸爸的錢買了昂貴的畢業禮物給自己，然後說是借的錢卻也從未還過。於是她知道了姑姑們一邊帶著自己去遊樂園玩耍的同時一邊在跟媽媽借錢還卡債，忽然佩服起來怎麼自己從小到大都能快快樂樂、衣食無缺，玩耍照去，想買的東西也都能擁有，真的很感謝如魔法師一般的父母。

　　大學畢業出社會工作後 L 也沒有離開那個成員複雜的家，三代同堂住在一個家裡，爸媽因為工作的關係搬出去住之後，更堅定 L 必須住在家裡的信念。不然除了爺爺奶奶之外，叔叔不是沒結婚繼續住在家裡、就是結婚之後藉故以小孩通勤上學不方便為由，即便是隔代教養也好、全程讓爺爺奶奶帶大他們的孩子，而 L，必須用她的方法守護自己這個小家庭。

　　說實在我們這些旁觀者眼裡看起來很是心疼，明明知道自己不想回去那個家，L 在我們前面還是一派豁達，說著重男輕女的祖母因為疼惜最小的堂弟，明明小弟會有偷竊的習慣，不但不制止，還會跟 L 說因為她是年紀最大的大姐，理所當然照顧弟弟沒有關係。在旁人的觀點看來，L 跟她那個大家庭，比相敬如賓的室友還更糟。為了賭一口氣、或是說白一點要留有最後爭家產的餘地，活在那個空間裡的 L，越發看起來越不快樂。

　　L 嘴巴上說看得很開，自己是一個幾乎沒有門禁的人，但之前 L 生日當天，我們一起玩到了晚上 11 點，等她回家後，在捷運上收到她報平安的訊息，內容居然是：「爺爺忘記她還沒回家，已經把家門大鎖也鎖起來了，幸好他們還沒睡熟，不然就要露宿街頭了呢？」家家有本難念的經，但我們真的到那時才能體會自己的幸福。

浮生若夢

13. M 的故事

文：芸芸

　　隨著疫情越發嚴重，M 發現自己彷彿有了社交恐懼症。本來在人群中總是閃耀著光芒的自己，走進任何外食店裡都要先打量每一個角落，在那裡落地、安居。在公車上會竭盡所能選擇不用面對人的座位，真的沒有辦法時，當對面的人發出聲音或是咳嗽、清喉嚨的聲音，她就會皺起眉來，開始物色四周有沒有座位能夠更換。

　　慢慢地 M 開始不喜歡直視別人的眼睛，對於看著別人說話會讓她感受到些許的壓力。獨居的 M 對自己現有的生活現況非常地滿意，該有的生活用品應有竟有，簡單卻也明確，生活過得井然有序，沒有太大的波瀾卻也不會有打破既定計畫的行程毀壞了自己平穩的心情。

　　M 其實內心心底有著無盡的害怕，隨著「孤獨死」這個單字逐漸被人們知道，M 覺得自己就會是孤獨死的一員，跟家人之間維持一個若即若離的關係，秉持著沒消息就是好消息，家人也不會再強求要多密切地聯絡，大約一周兩三次的聯繫，差不多知道大家一切都好的軌跡。若是平凡的上班族還可能因為周一沒去公司上班被主管找到家門發現，但 M 的工作性質讓她真的消失同事雖然知道她不在，卻除了打到無人接聽的手機之外沒有其他的聯繫方式，M 捫心自問，應該也不會有人為此找上門來。

　　儘管 M 很滿意現在的生活，但想到近程一兩年的未來，M 想著可能就是保持現狀繼續努力的工作、追求一個穩定發展。中程五年內的狀況，怎麼想都是近程的延續，想像不到一個可以掀起波瀾的契機，也不想主動去承擔任何風險。

　　最可怕的是，M 自認在工作上都不受影響，與人的互動交流也都一帆風順，但最近莫名被卸下心防的窗口調侃，大家都覺得 M 一開始非常的難相處。不是性格惡劣，而是雖然謙和有禮、溫暖的跟大家互動，但總覺得有種冷到心底、很難談心的感覺。M 真心想為此檢討，但跟朋友訴苦了一輪，網路上的聊天最可怕的就是跳了一行，就轉了個話題，也不知是不是大家刻意忽略，總之真心訴苦就這樣不了了之。

　　M 想過去一些能認識新朋友、學習交際的場合。但疫情真的讓她有了一個能卻步的藉口，退了一步之後，要再退就不難了，於是拖過這個 2020，讓今年跨年將會一如既往，留在自己的舒適圈，過自己的小日子。

浮生若夢

14. N 的故事

文：芸芸

　　N不是什麼需要奔走於各國的商業奇才，也不是什麼紅遍大江南北的跨界藝人，但N今年光是隔離，就被自我囚禁了2個多月。

　　N的爸爸曾是說出來會有人讚嘆的運動員，從運動員的身分轉任成教練的職位固然立場有所變化，但爸爸彷彿過五關斬六將，總之就是順利地在沒有陣痛期的情況下成功轉換角色。生涯途中不知為何總有外國的單位和他接洽，就爸爸本人親口說出的想法，第一次拒絕是因為媽媽，第二次拒絕是因為他們這些孩子們。至於是否真的有如此那般的身價，或需真的要待爸爸自我坦承才有辦法得知了，至少N找遍了新聞都沒看到那些資料就是了。

　　但是N一家人在N小時候根本沒錢出國，N的姐姐天資聰穎又好學，第一次去辦護照是大學時期和同學們一起出國畢業旅行，從那之後就自己做起了旅行電商這塊，沒有家大業大撐腰，卻也做得有聲有色，

　　而N也是用盡自己的能力考上了不錯的大學，認識了不錯的女生，積極向上點燃了他的美國夢，等到一起努力衝刺好了學業，抵達了海洋彼岸的那一個花花世界第三個月，他們就分手了。

　　身為男生的朋友，我本該站在男生這邊，但無論是本身身為女生、抑或是就一切事情的了解，我都會站在女生這邊。這

也就是 N 今年隔離這個多時間、當初兩人出發時非得透過日本轉機、在轉機進市區時還非得情侶分開走，說是要幫男性朋友採買東西的原因了。

透過 N 我更認識了幾位在台灣長大，領域各異，在學時期也許成績不是最優異，但都有一個願意與他一起胼手胝足、自我成長的另一半。然後當階段性的任務完成，那個另一半就會換成不知什麼時候在哪裡認識的網美，臉或許不是千篇一律，但腐爛的內心總是相差無幾。表面上都非常會撒嬌、百依百順的要做後盾，但背地裡讓我們這些自許正常的朋友無法在與這些人相處，免得招惹上身，合照都會被冠上各種「沙豬」的文字。

雖然希望人心不變，但不知洋墨水裡面有什麼怪東西，目前收集到了 N 位如 N 一樣的人，真心希望未來不要有其他類似的受害者，不過一個願打一個願挨，每當去到 N 這類人的奢華求婚派對，我都會不務正業多拍點夜景多吃點美食，反正大家耍美耍帥不吃東西，我們凡夫俗子不多吃點多可惜。

浮生若夢

15. O 的故事

文：芸芸

　　O 剛度過 26 轉變 27 歲的生日，於是被通知這個週末必須出席一場美其名為「與爸爸朋友年紀差不多的兒子」見面，實則為相親的聚會。那個「年紀差不多的兒子」已經 38 歲了，就父母的邏輯來看，27 歲的 O 總是會被父母認為已經「快 30」了，不斷地需要提醒自己該開始警惕一些，那麼怎麼不想想介紹「快 40」的對象是要她跳入火坑吧？

　　而且都什麼時代了，不要說要不要結婚，怎麼不想想 O 會不會有女朋友？最巧合的是，O 真的有女友呢！看著自己父母在爸爸從自己大三就被發現有一個會定時往來、年紀跟 O 差不多，假借唸書之名，雖然兩方的說法是沒有進一步的交流、但會不斷從爸爸手裡榨走錢財的對象，父母卻從不分手、甚至要家裡孩子每年家聚都配合演戲來看，O 非到最後一步，一定不會說出自己也從大三理想家庭破滅、過度悲傷開始就有個能夠與 O 互相舔拭傷口、自身家庭狀況卻也十分複雜、導致情緒不太穩定的女友。

　　O 數次打算提分手，不是因為愛上別人，純粹是因為對這場關係的害怕。但是從小被爸媽情緒勒索長大的 O，默默發現自己依舊被勒索中，只是始作俑者從帶著自己血緣的爸媽，換成非親非故但一樣有病的女友。

　　於是我們不斷地成為軍師，慢慢我們周遭的朋友也學會拿捏怎樣可以附和到 O 的心聲又不會真的戳到死穴，畢竟最後就

是不會真的分手，如果真的把話說得太絕，之後等到 O 準備和好，遭殃的又是我們這些路人，不斷地被翻舊帳。

認真說起來每個人都該去學習如何情緒勒索別人，那些往往你我覺得怎麼可能會有人那麼說的話，就是會有人理所當然地說出口，然後就會有人概括承受，明明如果今天切換角色變成別人的故事就會一切順利，但輪迴到自己身上瞬間就鬼遮眼了起來，執迷不悟說著就是這些深陷其中的人啊！

看著 A 到 O 的故事，有時候會讓人想起「無病呻吟」四個字，有時候又會想起亞洲人、東方人、儒家文化之類的家庭情感帶給我們的愛與恨。人是群居動物，但群居的密切帶給你我的痛苦與影響卻漸漸大於樂觀正向。這是 A 到 O 的故事，而或許也是你我的故事。

浮生若夢

16. 海市蜃樓

文：君靈鈴

　　山東大饅頭，一個小時候常聽到的食品，但對於它的發源地在飛過去之前感覺真的是個非常陌生的地方，會訂下這個行程也只是想沒去過的地方去看看也無妨，不過後來發現這個比起北京、上海、廈門這幾個相當進步且繁華的城市，山東顯然較為純樸且可愛。

　　到達的第一餐就有大饅頭，可愛的是它的尺寸超乎想像，圓滾滾又碩大的外型引來同行者的驚呼，也讓大家在最後一晚時要求導遊幫忙購買，說是帶回去讓親友瞧瞧真正的山東大饅頭是什麼模樣。

　　但山東讓人驚豔不僅於此，雖然城市發展腳步快速，一棟棟的建築物如春筍般冒出，但當地的人們並沒有因此脫去純樸的本性，依然愛笑好客，讓人感覺非常舒適。

　　不過這趟旅行讓人印象最深刻的是在山東蓬萊的「八仙過海景區」，首先一入園就有無數海鷗在頭頂盤旋飛舞，形成一片讓人驚嘆的景象，然後離開海鷗群沒多久又遇上海豹群，雖然是飼養在園內，不過圓呼呼的可愛模樣讓人不禁駐足觀看，如果想跟牠們拍照也是可以的，只不過要付出一點代價，要與不要且看個人。

　　然而，與海鷗相遇又與海豹相逢後，海市蜃樓這四個字吸引了人們的注意力，好奇心驅使之下，付了點費用進入觀看，時長不長不短的影片，看到的是海市蜃樓的紀錄，虛實之間飄

忽不定的影像讓人不禁聚精會神觀看直到結束，然後在步出影院那一刻陷入沉思。

事實上，海市蜃樓是因為光線通過不同密度的空氣層發生折射作用而產生的，通常發生的地點為沙漠或是沿海地帶，而八仙過海景區恰好就在海邊，影片紀錄的就是在景區附近發生的然而。除了如此這般以外，海市蜃樓還有一個說法，被人們用來比喻虛幻的景象或事物。

所以，應該大多數人心中都有海市蜃樓的存在吧？

一個飄渺虛無的期盼或夢想，但總是會笑笑告訴自己，既然只是幻想，那肯定不會實現，只是想來自己開心或是在心情不好時安慰自己，說至少我還有夢想，有夢最美嘛！

但夢想真的無法實現嗎？

只要不是太虛無或天馬行空，實現的可能還是有的不是嗎？

努力、堅持是實現夢想最常見的輔助字眼，雖然常見卻很實用，因為很多成功人士都是靠這四個字才踏上成功的道路，他們不把海市蜃樓當回事，在他們心中，就算只是虛幻的未來，也會努力堅持讓夢想成真，不會只是空口說白話。

努力，才會成功。

努力過了卻失敗，就吸取教訓更努力，堅持下去一定會見到天邊那道炫目的七色彩虹。

17. 甩鍋遊戲

文：君靈鈴

「隔壁部門出事了！」

　　小花一進公司就聽到同事這樣說，好奇心驅使之下她偷偷跑到隔壁部門一瞧，發現還真是一片混亂，約莫十來位總公司財務部調查人員在四處翻找，而隔壁部門本來的主管、員工們則是都分列一旁，有的眼神飄移有的神色慌張有的老神在在有的一臉不解，總之挺精彩的，而小花就這樣瞧了很久，然後才被同事拖回去，就怕她這小迷糊不小心惹上麻煩。

　　雖然看見了混亂的景象，小花還是不知道發生了什麼事，後來在同事的說明下她才知道，原來公司資金流向有問題，而問題癥結點就是在她任職的隔壁部門，而且目前被列為嫌疑人的有好幾個。

　　經理、組長、小組長這三個人自然是頭號嫌疑人，但讓小花意外的是幾個員工也沒脫了干係，情勢看來很複雜，因為其中有一位被列為嫌疑人之一的人跟她關係不錯，而她認為對方不可能做出這種事。

　　只是，剛出社會的小花不懂，在這種事件發生時，很容易發生一個現象叫做甩鍋，就像玩遊戲般把黑鍋拋出，看最後到底誰倒楣，反正只要不是我，管他是被告還是沒工作還是有其他懲罰，反正只要我沒事就好。

　　小花聽完這個說法之後，覺得很不可思議，覺得大家都是成年人了，怎麼敢做敢當這種事不懂還只想著陷害別人讓別人揹鍋，這讓她感到非常不舒服。

　　堂堂正正的做人沒辦法嗎？

　　做了錯事就承認不行嗎？

　　明明做錯還拖無辜的人下水是為什麼呢？

　　小花很疑問，但事件最後讓她覺得最扯的是其中有個傻子自以為勇敢擔下一切，而且很單純以為自己擔罪之後肯定會沒事會得救，孰不知最後出面作證的人，就是這個傻子以為會救他的人。

　　當場傻眼是小花的反應，然而她同事卻只聳聳肩告訴她，這種事其實挺正常的，她出社會再久一點就會知道，很多時候很多事都很黑暗，妳以為可以相信的人其實並不可信，妳信任的人說不準會背叛妳。

　　這是對的嗎？

　　這難道不是一種病態？

　　人與人之間如果連基本信任都不存在，那還能相信什麼？

　　小花其實也明白每個人都有自保的心態，但倘若事件影響到無辜之人的生計或是名譽，她並不認為這樣的情況該判定為正常。

　　不過，事已至此，小花替對方再氣憤也不能改變什麼，但她還是找上對方給予一些溫暖說一些安慰的話，然後暗自下決定。不管別人怎麼樣，小花都決定自己不要變成那種只為自保而不顧他人安危的人，她沒有當偉人的打算，但想當個可以抬頭挺胸做人的人。

　　這個世道雖然混亂，但她認為敢做敢當才是為人之道，因為她記得媽媽跟她說過……

　　凡事有因果，種什麼因得什麼果。

　　這次逃過了，那下次呢？

18. 服從不盲從

文：君靈鈴

　　玫貞很後悔，但後悔也改變不了她的遭遇，在一夕之間她從天堂掉到地獄。從來沒想過會面對的處境，她現在卻是真真實實深陷其中無法脫身，而這一切只因為她只懂一昧盲從，而不懂在執行主管給予的指令時，自己也要有判斷力去判斷此事到底可為不可為，才不會讓自己落入不知該如何是好的窘境。

　　然而，就是因為玫貞一直都是個盲從的人，主管交代什麼她總是聽話照辦，這樣的她顯然成了一個發生大事時的最佳代罪羔羊，且她一直到被抓去審問了還非常有義氣地把罪名都扛下，因為傻傻的她認為對她下達命令的人一定會出面救她。

　　結果，沒等到救援就算了，玫貞還被倒打一耙，她的直屬上司沒有打算救她還出面作證一切事情都是她自作主張所以活該自作自受，而她也直到聽聞這個消息後才後知後覺發現自己就是個百分百的傻子。

　　但其實像玫貞這樣的人絕不是個案，在各方面影響下，他們根深蒂固的觀念或者說是執念很難改觀，尤其是很多老一輩的人，他們總認為在職場上若是不服從就有可能丟了飯碗，且再怎麼樣倒楣的也不是他們，因為也不是只有他們這麼聽話。

　　可很多時候事情就是這麼巧，人有時候就是恰好會在倒楣裡輪迴，不施展自身判斷力去判斷對錯，越覺得不會雀屏中選而盲從越是會換來讓人傻眼又無言的情況。

　　所謂自保，意思就是指自己要懂得保護自己，不管在任何時候任何地點，當莫名感知到危險或是心中有疑問時，自我保護裝置就該啟動。如果接收到的指令是連自身都無法接受的，請問怎麼期待他人會欣然接納？

　　千萬不要認為大家都在做，倒楣的絕對不會是我，不然就會像玫貞一樣，在上司面前她就是個勤快且相當聽話的下屬，挺上司挺到底，無條件的付出卻換來讓她意想不到的結果。

　　端好心中的那個杯子，在上頭標註好刻度，當倒的水在被標註為正常時，那就勇敢喝下，反之如果水一口氣被倒的太滿甚至溢了出來，那就得考慮這杯水自己是不是喝得下喝得完，倘若喝了後果是不是會造成不適。

　　在任何層面都應該學會保護自己，因為很多時候會在意你自己的人，也只有你自己而已。

浮生若夢

19. 人生難得一摯友

文：君靈鈴

要得到能夠患難與共可以雪中送炭的摯友有多難得？

很多人窮其一生也遇不上這樣的人，更多是點頭之交、酒肉朋友還有所謂的好友。

其實很多人都以為好友跟摯友是一樣的，但認真說來還是有些不同的，就如「好」與「摯」這兩字，使用在朋友層面上，好友遍指跟自己交情很不錯的人，但摯友不同，「摯」這個字代表親密、誠懇，可以解釋為跟家人一樣親密的朋友，他給你感覺誠懇踏實，但人要擁有摯友並不容易，而且很多時候在友情這方面都會存在一個很有破壞力的大鐵鎚，這個大鐵鎚還有個名字叫做「金錢」。

其實不只是朋友，在親人間也一樣，很多時候扯到金錢紛紛擾擾就來了，有福同享大家都愛，但有難來援這件事就不是人人都能做到了。但對雅萊來說，她願意很驕傲向全天下宣布，她今生就擁有一個摯友，名叫柔青。

雅萊跟柔青很年輕時就認識，到現在兩人都快四十歲了還依然是好友，而其實在此之前雅萊也都只是把柔青當成很好的朋友或者說是閨蜜，直到有一天雅萊家發生了事情之後雅萊才知道，好友這兩個字不足以形容她跟柔青之前的情誼，柔青自此被她定位為摯友，也是她決定這輩子都不放手的好姊妹。

事情是這樣的，雅萊結婚之後原本一切都好，丈夫公司發展順利，她也生了兩個孩子，一家人和樂融融幸福滿溢。但好景不常，她丈夫公司運作上出了點問題，公司狀況開始走下坡不說，連帶影響到家庭的經濟狀況，迫使雅萊必須出來工作幫忙家計，但這並不足以解決他們家的困境。眼見孩子的學費、教育費還有家裡的生活費、房租開始出現坑洞，雅萊很心急卻無計可施時，柔青來了。

柔青一來就先怪罪雅萊太過見外，有困難竟不開口，但雅萊豈會不知道柔青家原本的狀況並不比他們家好，她哪敢開口呢？

但柔青沒有理會雅萊的推辭，從包包掏出一個信封交給雅萊，然後在傻眼的雅萊注視下開始跟雅萊說明自己的打算。

信封裡那些錢是救急用的，柔青當然知道不夠，至少眼前的困難得以先解決，說完之後柔青輕輕拉住雅萊的手對她說。

「孩子下課後我會先接到我那裡，妳就不需要趕著下班接孩子，至於妳老公公司的問題，別擔心，我老公會幫忙，我們都認識幾年了，就算妳不開口，這些忙我也是一定要幫的，別那麼見外，我們不是說好要當一輩子的朋友嗎？妳如果有什麼萬一，我們的承諾怎麼辦？」

聽完這些話，雅萊當場淚流不止，人生難得一摯友，她擁有了，心存感激的同時也知道，這個朋友這一輩子是交定了，畢竟要等到願意雪中送炭的人實在太少了。

所以遇上了，請別放手，記得珍惜。

20. 當年月圓

文：君靈鈴

月兒，在每個月都有陰晴圓缺的變化，這是宇宙的奧妙，但在華人的眼裡硬是有一個月的十五月圓日比較特別。

每年農曆八月十五日是中秋節，這個在華人眼中非常重要的節日通常會被視為除了農曆新年外另一個家人團圓的日子。

所謂月圓人團圓，在這一天大夥兒總是會想聚在一起吃吃喝喝，烤烤肉、吃柚子、吃月餅，就這樣圍在一起欣賞月圓聯繫感情。這樣的日子很美好，雖然時代變遷速度飛快，但中秋節必須一家團聚這九個字已經深深刻在人們心裡。

只是，每個人情況不同，如果能一家團圓誰不願意呢？最怕是月圓人無法團圓，僅能把思緒放飛回過往，尋找那曾經的快樂。

印象最深的中秋夜，已經好多年前，而之所以印象會如此深刻是因為比起現在，當年那夜真像是一場夢，因為那是最後一次家裡三代同堂一起烤肉的日子。

當時的爺爺其實已經身患重病，而以往並不愛烤肉這種活動的老人家卻在中秋前幾天吵著說要烤肉，還吩咐大家一定要多採買些食材，且特地要求大夥兒無論有什麼事都不能不回來參與。

反常的舉止引起了幾個大人的警戒心，但小孩們不懂，想起烤肉就覺得好玩快樂，而事實上那一夜也的確很開心，以前

不吃烤肉的爺爺吃了好幾塊，還主動要求也想吃吃蝦，患病在身的老人家那天胃口特別好，一家人整晚談天說笑快活自在，但只有心裡有數的幾位大人知曉這樣的情形其實叫做「迴光返照」。

結果，噩耗果然在不久後發生了，被病痛折磨了不少時日的老人家在度過快樂的中秋夜之後沒多就撒手人寰，圍繞四周此起彼落的哭泣聲是對老人家最後一程的送行，而這個中秋夜也成為眾人心中深刻的回憶。

後來想想發現，老人家們要的似乎都很簡單，跟家人們一起吃頓飯，陪他們聊聊天，在他們還在的時候對他們多點關懷，幾乎是順手之勞的事常常就足以讓他們開心上很久很久。

老人家們有的或許很笨拙，不懂開口，也怕自己會造成子孫的困擾，但其實他們內心一直都很渴望，渴望陪伴渴望關懷渴望自己站在門口等待時可以見到想見的人朝他們走來問聲好不好。

如此簡單平凡，但卻有很多老人家得不到，他們總是倚著門等待著不知何時歸來的孩子，想著孩子幼時的種種，然後潸然淚下。

　　陪伴要及時，別讓他們留下遺憾，至少讓他們在生命的最後一刻是帶著笑離開的，會比等他們走後才摀著心臟說對不起要好上太多了。

21. 門內門外

文：君靈鈴

　　盯著門，曉夢瑟縮在牆邊，明知道該勇敢把門打開走出去，但她始終無法跨出這一步。

　　但曾經，她也是站在門外的一員，在陽光下恣意歡笑自由自在，只是當某天烏雲遮日，她仰望發現燦爛的陽光不再，有的只是烏雲聚集後傾洩而下的大雨，那一刻她躲回了門內，自此再也沒有勇氣親手打開那扇門。

　　門內的曉夢無時無刻處於害怕恐懼之中，就算在門內，她也怕水會淹進屋內，成日惶恐不安，總是抱著自己拼命說服自己一切都會過去的，這種近似催眠的辦法並沒有改變她分毫，日子一天一天過去，她還是躲在門內，沒有開門走出去的勇氣。

　　只要出去就會被雨淋，雖然看起來只是雨，但打在身上卻如針刺般刺痛，一針一針扎在她身上扎在她心裡，為了躲避這種痛苦，她躲了起來，卻陷入另一種困境。

　　她把自己困住了，她不是不知道，但兩種恐懼比起來，她更懼怕前者，因為在門內她只有自己，需要害怕的也只有自己，但門外她需要顧忌恐懼的事卻有好多好多，比起門外的複雜，她情願讓自己被自己困住，至少這樣單純多了。

　　她的人生變得枯燥乏味她也無可奈何，為了安全為了不再受傷害，枯燥無味又如何？她心甘情願，只要不用再忍受那如

針刺般的痛楚，平淡如水的日子她可以接受，因為只有如此她才會覺得自己是安全的。

但其實，她需要的不是如此的生活，她需要的是有個人替她打開門，向害怕的她伸出溫暖的手，可能或許連她自己也不知道，如果有人這樣做，那她或許就有得到救贖的一天。

然而，那一天何時會到呢？

在一個風雨交加的夜晚，曉夢害怕的哭了，平常還算安全的門內，今日卻讓她覺得似乎即將被狂風暴雨淹沒，她瑟瑟發抖，不知該如何是好，但偏偏這時卻傳來敲門聲，她心一驚，更加害怕完全動彈不了。

是誰？

是誰要來傷害她？

曉夢的恐懼逼近臨界點，眼淚恣意在她臉頰上奔流，但卻阻止不了門外那人想進入的決心，最後門被打開了，曉夢也嚇得放聲大叫，把臉摀住不敢多看一眼，誰知道下一秒她忽然感到有人用很輕柔的力道在撫摸她的頭，她顫抖的睜眼才發現，闖入的人帶著一副和善的臉孔正對著她微笑。

「別怕，有我在。」

　　那人對曉夢這麼說，然後蹲下身與她對視，時間就這樣過去了很久很久，雖然門外狂風暴雨依舊，但曉夢卻在溫暖的陪伴下得到了一些力量。

　　終於，她極其緩慢的伸出手放在對方已等待很久的掌心，瞬間一股異樣的感覺襲上她心，那是一種被救贖的滋味。

　　雖然不知道還要多久，但她相信往後某一天她會重拾勇氣走到門外，找回自己曾經的快樂與自在。

22. 差別待遇

文：君靈鈴

「差別待遇」這四個字不管套用在任何事件上，都是讓遭受待遇較差的那人感受相當差勁。

可能年齡稍長的人因為歷練多了看多了世間冷暖，對這種事雖會生氣或不悅，但通常都還能調適，但如果是發生在孩子身上，有時候說不定會成為他們一輩子難忘的回憶或是深埋在心底的一個疙瘩。

今年已經三十幾的巧芬還記得自己國小六年級的時候，因為面臨升學，而那天恰好有間新創的國中前來她就讀的學校宣傳，巧芬記得自己那時想了想，發現除了原本的選擇外，今日來訪的新學校似乎也是個不錯的選擇，雖然巧芬平時課業成績不算非常好，但也沒有非常差，若是想就讀那間學校想來是不會有太大問題的。

結果，她想讀是沒問題，問題是她當時的導師態度很有問題。

巧芬所在的班級是一個前段班，而且班上有很多老師的子女，平常本來導師在班級內就時常有一些不算太明顯的差別待遇，但因為還沒有太誇張，所以被低看的一些同學也沒有太在意，加上那個年代學生對於老師的態度不如現在敢說敢言，所以從沒有人說過什麼。

　　但現在回想起來，巧芬必須說當年才小六的她在那一天真的感覺到被輕視，當時的感覺連她現在想起來都覺得尷尬及不悅。

　　事情是這樣的，新國中來班上說明過後，巧芬的導師便問大家，有沒有想去讀這間國中的人，有的請舉手，結果因為方才宣傳時的氣氛頗佳，巧芬班上的同學紛紛舉手，但這時候狀況來了。

　　巧芬的導師每一行走道都走了，選擇在他眼中學習成績非常好的學生擊掌，嘴裡還說著跟他擊掌的人要讀一定沒問題，而成績在中下的人就這樣被忽視了，導師走過後紛紛尷尬的放下手，巧芬也是其中之一，這些人只能勉強的笑了笑，然後跟隔壁的人說自己在那間國中的學區內，要去讀是一定可以的。

　　當時這個事件在那一刻就結束了，但這件事一直掛在巧芬心中直到現在，其實也不是她小家子氣到現在還記著這種小事，而是她認為為人師表卻差別待遇如此明顯，如此藐視他的學生，無法一視同仁令人感覺相當不舒服。

　　說來那間新國中也不是什麼超級名校，要入學更是不必有嚴苛的考試，她實在不明白為何當年那位老師要如此明顯的大小眼，行為就像在訴說他們這些成績中下的人一點用也沒有。

　　但實際上真是這樣嗎？

　　端著咖啡喝了口，巧芬笑了笑，現在也是一名老師的她其實很想知道若是當年她的導師知道她當了老師，不知道會是什麼反應？

　　不過她知道自己也該謝謝當年那位導師，讓她成為了一個非常受學生歡迎的老師，因為她執教的觀念是因材施教、一視同仁，每個學生都是她心中的寶。

23. 催眠

文：君靈鈴

還在催眠自己嗎？

覺得自己不運動就會瘦？

覺得自己不行動就能達成夢想？

覺得自己不主動就能得到好機會？

覺得自己不轉動時間就會為自己停留？

以上，中獎了幾個？

很有趣的是，明明我們都知道，要瘦就得運動、要達成夢想就要行動、要得到好機會得靠自己主動爭取，而就算攤著不動，時鐘還是依舊不停轉動，時光一樣會在指縫中流逝。

可是，因為懶因為很多因素很多理由，所以都不想動，甚至還會抱怨起老天，認為老天爺不給力不長眼，才會沒看到這邊有人在各個層面上都很需要祂老人家關照，卻沒發現是因為自己給了自己很多藉口逃避，自己一直在催眠自己終有一天可以得到自己想要的所有。

然而，機會是給準備好的人，夢想成真是給努力奮發的人，瘦身成功是給揮灑汗水運動的人，而時間從來都不為誰停留，就算是天皇老子它也是不給面子的。

　　所以就算不斷催眠自己，只要不行動，那麼所有的希望就永遠無法綻放出美麗的花朵，在原地踏步的結果就是忽然回首一望，發現自己竟然只距離起點一步之遙，所有事都沒有任何進展。

　　原地踏步是阻礙夢想成真的最大絆腳石。

　　動起來吧，不管目標是什麼，只有動起來才能離目標更靠近一步，拿出正確的態度尋找正確的方式走向目標，就算覺得遙不可及難以觸及也不要放棄，一步一腳印踏踏實實向前方行進。

　　路途中可能會感到疲憊、感到痛苦、感到委屈、感到無力，但要嚐到成功的果實過程總是辛苦的，請別忘了，付出的越多到時果實便越甘甜可口，人家不都說辛苦得來的東西才會讓人懂得珍惜。

　　別再催眠自己了，與其花時間在催眠自己上頭，還不如拿這些時間思考未來訂下計劃，在實行時懶性又起那刻拋棄催眠這件事，走到外頭透透氣，告訴自己天下無難事只怕有心人，就算別人都不看好，自己也不該放棄自己，只有自己有信心，才可能有成事的那一天。

　　當然，萬事起頭難，但只要跨過這個難關，雖然不可能一撥開荊棘就馬上看見海闊天空，但只要繼續披荊斬棘，藍天就

會在不遠處等待人們去欣賞去仰望，且或許除了藍天白雲外，還會有彩虹這樣的意外驚喜呢！

24. 相見別覺相厭

文：君靈鈴

　　有句話叫「見一次少一次」，但要真正體會這句話，很多時候恐怕要上了點年紀才懂這句話的真理，就如阿昇，他在母親離開前完全不懂這句話的意思，只是認為反正不管什麼時候回家，總是聽母親不斷嘮叨東嘮叨西，這樣的感覺讓他厭煩，久而久之他也就更不常回家了。

　　然而時光飛逝，一年一年過去，已成家立業的他在家庭與事業中蠟燭兩頭燒，除了過年以外，他自認已抽不出時間回家去，想著反正回家就是那樣的情況，反正母親會一直在那個家，等他回去然後抓著他嘮叨而已。

　　這樣的家說真的，煩啊！

　　但當有一日他因一件重要的事非得回家一趟看見母親倒在地時，他卻當場慌了，將母親送往醫院幾天折騰下來之後他發現，一種即將失去的感覺將他包圍了，這種感覺是無助的是沒有人可以替他緩解的，因為母親的生命力正在流逝是一個鐵錚錚的事實，而他卻束手無策無力回天。

　　眼看醫生一臉歉意朝他搖頭，這一瞬間他不知該作何反應，但有一種感覺卻很明顯，那就是他感到自己開始深深的厭惡自己。

　　是什麼事讓他忘了該多陪伴眼前病榻上這位養育他成人的女性？

是什麼事讓他忘了時光不等人，他會老母親自然也會有離去的一天？

喔，對了！是每回回家母親總是不厭其煩對他叮嚀東叮嚀西，無盡的關心溫暖的言語卻被他當成蛇蠍一般的毒物總是避之不及感到厭煩。

因為不想聽，所以忘了該多陪伴一些，也從來不曾去思考，其實那就是一種關心一種疼愛而已。

因為他忘了，不管孩子到幾歲，就算白髮蒼蒼了也還是父母心中的寶，所以才會導致他現在無話可說，只是望著病床上虛弱的母親，難受的氛圍在他體內擴散，時間不多了，但他卻在這時候才後悔。

子欲養而親不待，明明是再明白不過的一句話，甚至以前還嘲笑過別人為什麼會不懂那句話的道理，但到如今他才明白最不懂的人其實是他這個總是嫌棄母親，見一次就覺得母親很煩，再見一次就覺得更煩的人才對。

遺憾嗎？

遺憾沒有多花更多時間多陪母親嗎？

　　是的，他現在是真心這樣想，但來不及了，他很清楚，只能在最後的跪拜與痛哭中不斷責怪自己，讓這件事成為自己心中永遠的悔。

　　陪伴要及時，別把多話當成嘮叨而是關心，這是阿昇後來時常對他人講的話，因為對他而言，想要陪伴再想聽嘮叨，都是已經不可能的事了。

　　有些事一旦結束了，就沒有再開始的機會，再悔再恨也無用，消逝的時光回不來，只有把握當下，才能讓往後不感到後悔。

25. 自負，自縛

文：君靈鈴

　　有些人，總是在很多因素下把自己束縛住了，他們沒有發現原因也從來不去追究原因，總是認為倘若有錯，絕對不是自己的錯，自己的決策絕對沒錯，自己的看法絕對沒錯，自己所言所為的一切都是真理。

　　只是，只要是人沒有不犯錯的，只是大錯小錯的差別而已，這世界沒有十全十美的人，自然犯錯也成了每個人一生中需要經歷很多次的事情。

　　不過，這類人就是不懂，在很多層面上他們自大的可以，用吹噓吹牛來掩飾自己的渺小，在他人質疑他時用更大的音量以及偽裝出來的自信面貌掩蓋過去，但事實證明太過自負就是一種自我束縛的開始。

　　漸漸的，偽裝的面貌被拆穿了，身邊的人在沒有察覺時被自己親手推走了，那些還在他們面前帶著笑容回應的人，其實也是虛假不真實的，從此之後自負的世界除了束縛了自己之外，還構成了一種虛幻的假象，沒有人真心待他們，而他們卻還倔強的不肯承認內心的空虛只會驕傲的說一句「會如此是沒有人懂他們而已」。

　　能伸卻不能屈慢慢變成這類人的一種慣性，因為他們對自己極有自信，不管是不是沒有自信下的一種偽裝，即使有錯他們也不願意承認，即使失敗他們也不認為是自己的錯，但他們

不是不知道真相，而是內心那股自負作祟，讓他們不敢承認自己的錯誤以及性格上的扭曲而已。

然而，因為不敢承認，所以造就了後來的結果，一次的逃脫不代表往後每一次都會得到救贖，在自負的束縛下失去的一定比得到的更多，例如：敬重、信任還有同事、下屬、朋友等等，而且甚至可能更多。

所以，何必呢？

人有自信是好事，但過度自負喜愛誇張吹破牛皮的言詞就不是件好事了，這個世界雖然現在有些亂，可不諱言依然是真正有實力者獲勝，而話又說回來，如果有實力當然好，但如果加上自負這個調料輔佐，那麼最後得到的美味一定會減半，因為為人誠實謙虛才是最佳調味料。

所以，別等到不好的後果出現了才來檢討自己，或甚至根本不願意檢討，只認為是自己衰才會遇上倒楣事，又或者認為根本是被別人陷害、出賣，有時候真的要先思考一下，自己淪落到如此處境，到底是什麼原因。

自負就是一種自我束縛，別如此把自己的一切感官神經都矇住綁住，誠心待人正直生活，這才是對人生一種對的生活態度。

浮生若夢

26. 找個時間跟自己對話

文：君靈鈴

　　結束一天的繁忙回到家，放下包包脫下外套，很自然走到房裡拿起睡衣走進浴室洗去一天的疲憊，然後再一身清爽的打開冰箱拿出想吃的東西，接著帶著食物和手機來到沙發，打開電視開始所謂下班後的悠閒。

　　然而，是不是有時候會覺得，這股悠閒像個謊言，腦袋裡還是有很多事不停轉著，怎麼也靜不下來，想著那些忌妒自己的人、在背後說自己壞話的人、只會找自己麻煩的人，但這也就罷了，想歸想如果沒往太壞處去想，事情也就這樣過去了，但如果過不去，那接下來大抵就是開始思考自己出了什麼問題，為什麼會這麼疲憊這麼無助對人生感到這麼無力。

　　其實，自我激勵是很重要的一件事，很多人就是因為太過沒有自信，對自己不夠有信心總是認為反正就是自己倒楣才會遇上那些倒楣事，但事實並非如此，每個人都有潛藏的天賦也有無限的潛力，只是看願不願意將之挖掘出來而已。

　　當然，有些人可能會說……

　　「要我跟自己說話？這樣自言自語不會像個傻子嗎？」

　　好吧，如果要這樣想，那也沒辦法，但跟自己好好對話並建立自己的自信心跟所謂的自言自語是有一定程度上的不同的。

　　那麼，差別在哪裡呢？

　　差別在於自言自語大多是一些碎語，相信每個人都有過這種經驗吧，不管在有人還是無人的場所，因為看到一些事或想到一些事而嘀咕，獨自一人對著空氣碎碎念，但跟自己對話是不同的層面，那是一種自我探索的方式，跟平時的嘀咕不同，而是真正與自己內心的對話。

　　為何沒有自信？

　　為何老是被看輕？

　　為何一切都不如所願？

　　這一切很可能都是因為不肯面對真正的自己或總是忘了自己才是那個最需要被激勵鼓勵的人所致。

　　在得到別人的肯定前，如果自己不肯定自己，那麼怎麼去奢望他人會來無故稱讚你呢？

　　而肯定自己的方法之一，無非是真正了解自己，而不是僅是表面上想著「我就是這樣的人」，一臉不在乎一臉無所謂，然後繼續沒自信的羨慕他人生活下去。

　　所以，找個時間跟自己好好的對話一次吧！

　　想想自己的缺點別像隻鴕鳥不願意面對，也想想自己的優點然後再思考自己的優點該如何更有效的發揮，而最重要的是，

不管自己的缺點優點有多少，都不該總是全盤否定自己，自信是由內而外散發的，可不是他人誇兩句就可以永久存在的。

別忙著怨天尤人了，肯定自己絕對是人生跨出新一步的開始，而找個時間好好跟自己對話絕對會對人生有所助益的。

27. 這方黑暗那方光明

文：君靈鈴

　　「失去」兩個字應該是大多數人最不願意面對的一種事件，不管是失去什麼對人們來說都會有不同程度的傷害，而這時如果比較悲觀的人大抵就會覺得天昏地暗甚至開始怨天尤人，但其實認真想想有時候這方燭火被吹熄了並不代表世界從此就會陷入一片黑暗。

　　人悲觀或樂觀基本上是個性使然，有的人天生悲觀有的人天生樂觀，但其實仔細觀察之後就可以發現，樂觀的人總是活得比較快樂，但他們比較快樂的癥結點並不是因為他們樂觀，而是因為在樂觀的加持下他們會習慣性把事情往好的方面去想去思考，不鑽牛角尖是這類人的優點，因為說實話鑽牛角尖很多時候對事情或情況並沒有什麼幫助，還會讓自己陷在一種情緒中久久無法脫身，甚至什麼事也做不了。

　　但事情真有這麼糟嗎？

　　有時候其實並沒有，只是慣性習慣往壞處想的人就會覺得天瞬間塌了，覺得老天爺不公才會這樣對待他，所以根本沒有去注意四周，自然也不會發現當現在待的房間被關上燈之後，隔壁房其實剛好開了燈正等著他，又或者是等著他親自去開燈。

　　所謂機會是留給準備好的人，樂觀的人通常都可以把握住這種機會，而悲觀的人因為忙著怨天尤人所以總是忽略，可如果願意細想其實會發現有時候機會是平等的，只是看當事者有無發現而已。

失去並不可怕，可怕的是失去之後連自己都迷失了，迷失在自己構築的恐懼中，對任何事都失去了信心，就算好機會來到也不懂把握，最後在被他人捷足先登之後才事後抱怨然後繼續怨懟一切，覺得上天不公覺得自己被鄙棄覺得一切都不順心覺得自己被孤立。

何必如此呢？

如果把事情往壞處想只會讓自己心情更糟更無助，而把事情往好處想可以讓自己重新振作起來並感到安慰，何不選擇後者？

天無絕人之路，就算眼前一暗但遠方也可能有光明在等待著人們前去探尋，如果只是在原地不前進，那就永遠接近不了那道光亮，也不會發現就算這扇門被關上了，但另一扇窗已經被打開。

人生說短不短說長不長，當遇到壞事時或許可以換個方式思考，這方陷入黑暗了，那麼另一方是否正有一道燈火正靜靜等待著人們去靠近。

浮生若夢

28. 一年之末

文：君靈鈴

每到了 12 月，很多人想著都是跨年、元旦假期又或是新的一年即將到來自己有什麼計畫，通常都是懷著興奮的態度準備去迎接下一年的到來，但也有部分人想的不是未來而是過去，其實這樣挺好的，因為這是一種自省的行為。

想想自己過去這一年做了什麼，然後再想想自己做「對」與做「錯」了什麼，雖然事情已經過去可能無法挽回，但這樣的行為其實可以給自己帶來很多幫助與成長，只是人習慣展望未來所以不習慣這麼做而已。

還記得之前在職場上遇過一個同事，他是老員工但卻一點也不油條，而且他有個非常好的習慣，那就是絕對會檢視自己的言行舉止是否有不妥之處，雖然也有人覺得他對自己太過嚴格，但他說當年紀越來越大就會發現這樣的習慣其實對是否還能繼續留在職場有很大的幫助。

「怎麼說呢？」

「因為隨著年齡增長就會讓公司慢慢覺得可以找年輕一輩代替，但如果懂得審視自己發現自己的缺點與優點並對缺點加以改正，事情就只會越做越好不會越做越糟，而當事情越做越好就會讓公司覺得你是個不可多得也不能失去的人才，說白一點就是公司需要你而不是你巴著公司不放，而再講清楚一點就是不用擔心會被淘汰，甚至可能還有拿翹的餘地呢！」

「也就是說……自省是一種督促自己成長及增長自己能力的方法？」

「是呢！」

然而，或許對某些人來說，每天自省、每周自省或是每月自省都是一件麻煩事，但如果一年只麻煩一次，應該就比較能接受了吧？

所以年末是個好時機，可以在迎接明年之前先回首今年，想想自己今年做了幾件到年末仍記憶猶新的事，是成功還是失敗了？

如果成功了，那麼是什麼做法導致成功，如果失敗了，又是因為什麼才失敗，並延續想想失敗的原因是否能改正，能不能在下一次再遇到同樣的事件時能處理的更妥貼。

雖然有很多事是錯過就不能重來，但也有很多事是有機會可以重來一次，如果上回失敗而下回再遇上，或許認真思考過也審視過自己的人就可以在第二次繳出漂亮的成績單。

面對自己面對錯誤並不可怕，可怕的是不去面對，只想當隻蝸牛成天躲在殼裡而已。

浮生若夢

29. 聽不懂小姐

文：君靈鈴

　　曾經遇過一個人，她外表看起來樸實無害，個性也憨憨傻傻，在外人看來她就是個沒有任何殺傷力但卻好像挺好使喚的一個傻瓜蛋。

　　但事實是這樣嗎？

　　跟她相處一陣子之後發現，她其實不傻，甚至可以說是挺聰明的，至少比那個職場很多人都聰明。

　　她知道該跟誰交好才對自己有利，知道該避開誰才不會惹禍上身，從來不會去頂撞上司，當然也不會去得罪不該得罪的人，而最重要的一件事是，雖然對上司而言她很聽話，但她卻有一個大缺點，那就是對於困難的事她通常會在上司很耐心對她解釋三遍後對上司說三個字「聽不懂」，而且配上一臉困惑的憨厚表情。

　　對其他人來說，回聽不懂這三個字可能會惹怒上司，畢竟對方都說了三次還聽不懂這可不是小事，但因為她聽話溫順的個性所以上司通常只會搖搖頭嘆口氣然後把事情交代給別人去做，所以她負責的事永遠是簡單到不行的小事，其他大事一律是別人處理。

　　而且倘若迫不得已真遇上了，她也會對同事丟聽不懂三個字，然後拉著同事的手拜託，請對方幫忙做。

不過後來大家漸漸發現，其實她好像不是聽不懂而是「不想懂」，不想懂的原因是不想負太大責任，也不想花太多腦筋，更不想浪費自己的時間，所以成為了聽不懂小姐。

但其實她聰明得很，她的想法是如果說聽不懂可以杜絕很多麻煩，那她何必花腦筋去弄懂？

可她沒有去想，依靠別人幫忙不可能是永遠，如果永遠這麼依賴周圍的人群，那她就會一直停留在原地，唯一進步的大概只有她拜託人的功力而已。

人不思進步只會更怠惰，也會慢慢不被需要，而在這個各項需求如此強烈的社會裡，不被需要其實是一件非常可怕的事，但很可惜這位聽不懂小姐並不這麼認為，還是繼續用她的方式過日子。

她的不想懂讓她受到議論她並不是不知道，但還是繼續假裝聽不懂，或許在她的世界中聽懂比聽不懂要累上太多了，令她怎麼想覺得怎麼可怕，所以到現在都不打算當一個聽懂的人，就算周圍的人因為發現真相而漸漸不想再出手幫她，她也沒有一絲一毫想改變的想法。

但其實人真的需要成長，不管到幾歲都一樣，如果永遠假裝聽不懂，或許可以得到自己認為的清靜，但其實失去與錯過的更多，一點也不划算。

浮生若夢

30. SOP

文：君靈鈴

　　「SOP」這個詞的詞意是「標準操作程序」，而在很多人身上也不難看出，他們都有自己一套 SOP，但不一定是自創的，很多時候是有樣學樣，尤其是在某些已經當主管很久的人身上可以看到這樣的情況。

　　「又有新頭兒要來？」

　　「嗯。」

　　「你怎麼這種反應？」

　　「每回新主管來不都會雞飛狗跳，我就不懂為什麼這些人老是遵循同一種 SOP，不累嗎？每次都同一套？」

　　「哪種 SOP？」

　　「來就先嗓門氣勢鎮壓，裝出一副自己非常了不起，是主管大家都要尊重我不然就沒好日子過的德性，前三個月裝認真裝優秀，但一陣子之後如果員工不鳥他就自然原形畢露，懶得跟鬼一樣，甚至還會反被員工牽制，變成一個窩囊的傢伙。」

　　「好像是耶！」

　　「不是好像是，是很多職場都會有這樣的情況。」

　　「對對對！但他們都不懂，其實這種 SOP 一點都不值得執行，因為這種方法一點都不可取。」

「不可取是我們說的，他們可不這樣認為，也不知道是怎麼傳承的，總之我對於這種 SOP 感到非常可笑。」

以上是某個職場兩位員工的對話，而在他們的對話中，不難看出他們對於新官上任三把火這種行為相當不屑一顧，因為管理這種事絕對不是吼一吼或成天找麻煩就可以事半功倍。帶人要帶心，初來乍到更要先好好了解環境與員工還有內部生態，不是擺出一付高姿態就可以得到天下。

而事實證明，這樣的方式確實沒有太大用處，尤其是現代人不比以前的人們，現代人敢說敢言有話直說，有些人更是一個不爽就離職，如果到一個新環境就使用高壓鎮壓，說不準最後倒楣會是自己，因為員工很可能會因為心情不悅而全跑光了。

很多時候輕聲細語會比大吼大叫好，賞罰分明也絕對會比一直護短好，就算再有經驗但到一個新環境也該先深入了解一切再作定論，而不是只用自己的角度去看待一切，認為自己的方法才是對的，而底下人提的建言都是錯誤的。

如果身為一個時常調動的主管沒有思考能力，每到一個新環境只遵照同一種 SOP 執行，那麼這個主管的能力就很令人懷疑，除了管理能力會受到質疑外，也永遠無法打入員工的心裡，自然也不會有人想相挺。

國家圖書館出版品預行編目資料

浮生若夢 / 芸芸、君靈鈴　合著.—初版.—
　臺中市：天空數位圖書　2021.01
　面：公分
　ISBN：978-986-5575-23-6（平裝）

863.55　　　　　　　　　　110001449

書　　　　名：浮生若夢
發　行　人：蔡秀美
出　版　者：天空數位圖書有限公司
作　　　者：芸芸、君靈鈴
編　　　審：璞臻有限公司
製 作 公 司：幸之助有限公司
版 面 編 輯：採編組
美 工 設 計：設計組
出 版 日 期：2021 年 01 月（初版）
銀 行 名 稱：合作金庫銀行南台中分行
銀 行 帳 戶：天空數位圖書有限公司
銀 行 帳 號：006-1070717811498
郵 政 帳 戶：天空數位圖書有限公司
劃 撥 帳 號：22670142
定　　　價：新台幣 260 元整
電子書發明專利第　Ⅰ　306564 號

紙本書編輯印刷：
電子書編輯製作：
天空數位圖書公司　E-mail：familysky@familysky.com.tw　http://www.familysky.com.tw/
地址：40255台中市南區忠明南路787號30F國王大樓　Tel：04-22623893　Fax：04-22623863